KB195529

심해지는 기후 재앙 내 탓입니다

심해지는 기후 재앙 내 탓입니다

여동구 시조집

심미안

지구는 벼랑 끝을 향해서 달리고 있다

지구는 더 이상 참을 수가 없어 연일 펄펄 끓고 있다. 금년(2024년) 여름은 기록적인 폭염으로 숨이 막힐 정도였다. 기상학자들은 이러한 극한 폭염과 극한 한파는 앞으로 해가 갈수록 심해져 갈 것이라고 우려하고 있다.

광주에 역대급 무더위가 이어지면서 '광프리카(광주+아프리카)' 라는 오명汚名을 얻게 되었다.

25일 기상청에 따르면 지난 6월 이후 9월 22일(처서)까지 광주·전남의 평균 열대야 일수는 기상관측(1973년) 이래 최다인 27.6일로 집계 되었다고 발표했다. 열대야는 밤사이(오후 6시 1분~다음날 오전 9시) 기온이 25도 이상 유지되는 현상을 말한다.

올해 광주·전남 열대야는 역대 최다인 2018년(25.7일)보다 1.9일 늘어난 것으로, 제주(42.5일)를 제외한 전국 육지 시·도 중 가장 길었다. 시·도별로는 서울·경기 23.8일을 비롯해 전북 22일, 충남 21일, 경남 20.9일, 강원 20일 연속으로 각각 열대야가 발생했다.

또한 금년(2024년) 여름 전국 평균 기온은 25.6도로 평년(23.7도)보다 1.9도 높았다. 기존 1위는 '최악의 폭염'으로 꼽히는 2018년의 25.3도였는데 이를 넘어선 것이다. 고온다습한 남서풍이 지속적으로 유입된 점, 7월 하순부터 8월 하순까지 티베트 고기압과 북태평양 고기압이 이중으로 한반도 상공을 덮으면서 맑은 날씨와 강한 일사량이 이어진 점 등이 이유로 꼽힌다. 특히 8월 평균 기온은 평년보다 무려 2.8도 높았다. 사람들은 해가 지기만을 바랐다. 그런데 해가 져도 기온은 내려가지 않고 열대야는 계속되었다.

지금의 도시는 무더위에 여러 가지로 취약하다. 도시를 구성하는 소재들이 모조리 그렇다. 콘크리트 건물, 아스팔트 도로, 보도블록까지 모두 열을 머금었다가 복사하는 것들이다. 콘크리트로 만들어진 건물은 한낮의 열에 달구어지면 에어컨을 켜지 않고는 도저히 생활하기가 어렵다. 도시 건물 대부분은 통풍이나 환기와는 거리가 먼 구조이고, 햇볕을 그대로 흡수하는 어두운 색의 외관을 한 건물도 많다. 여기에 차량 엔진에서 나오는 열, 에어컨 실외기가 뿜어내는 열기가 더해져 한여름 도시는 거대한 '열섬'이 된다.

그럴수록 우리는 '기본'에 충실해야 한다. 우리의 도시는 폭염에 속수무책이다. 도시를 구하기 위해 대대적인 나무 심기에 나선 도시들이 많다. 프랑스 파리는

2026년까지 17만 그루의 나무를 심어서 도심 녹지를 조성 해 왔고 앞으로도 조성해 갈 계획이다. 금년 파리 올림픽은 기후 올림픽이라고 불리울 정도로 기후만을 생각하는 올림픽이 되었다고 세계인의 칭송을 받고 있다. 이러한 의식이 지구를 살리는 길이다. 안 이달고 파리 시장은 하나밖에 없는 지구를 살려야 된다는 신념으로 과감하게 공공 주차장을 없애고 대신 자전거 주차장을 만들었으며 차로를 줄여서 자전거 도로를 만들었다.

우리나라의 대구를 보면 전임 시장들은 아파트보다는 나무 심기와 녹지 공간 조성에 노력을 기울였다. 그 결과 전국에서 가장 무더운 도시라는 오명汚名 대프리카(대구+아프리카)라는 이름에서 벗어났다. 뉴욕, 밀라노 같은 유수의 도시들도 나무 심기에 열심이고 싱가포르는 가로수뿐 아니라 건물 옥상·벽면에도 식물을 심었다.

방송인 타일러 라쉬의 『두 번째 지구는 없다』라는 책에서 본인이 강연을 가게 되면 받게 되는 단골 질문 중 하나가 "기후 위기로 정말 인류가 멸종할 수 있느냐"는 것이었다. 그동안 기후 위기에 대한 심각성을 체감하지 못한 국민들은 강남 침수 피해, 동해안 산불 등 예측 불허의 재난재해로 인한 위험성을 실감하고 나서야 이제야 조금씩 느끼기 시작했다. 하지만 많은 국민들은 이것이 인류의 멸종까지 가져올 수 있다는 생각까지는 연결 짓지 않고 있는 것이 문제다.

기후 위기로 인류가 정말 멸종할 수 있을까? 지금까지 역사적으로 다섯 차례의 대멸종이 있었다. 1950년부터 여섯 번째 대멸종이 시작되고 있다. 다만 기억해야 할 것은 인류도 수많은 생태계 중 하나의 종이라는 사실이다. 이를 있는 그대로 받아들인다면 인류의 멸종은 과거 공룡의 멸종과 마찬가지로 자연스러운 생태계 흐름이자 새로운 생명의 시작일 수 있다.

마이크 라이너스가 쓴 『6도의 멸종』을 읽어 보기를 권한다. 각 장에서 지구 평균 기온이 1도 오를 때마다 일어나는 상황을 묘사해 놓고 있다. 1도가 오르니 북극의 얼음이 녹아 북극 곰이 점점 사라지고 있다. 2도가 오르면 마이애미, 상하이, 보스턴, 인천, 목포, 부산 등이 물에 잠기게 되고 3도가 오르면 농사 지을 땅이 사라져 식량 전쟁이 일어나게 된다. 평균 기온이 6도까지 오르면 생물의 95%가 멸종한다. 그 생물에 인류도 포함된다. 원 상태로 돌리지는 못할지라도 더 이상 끓는 지구를 만들지는 말자고 간절히 호소하고 싶어 이 책을 쓰게 되었다.

2024년 10월 14일
에너지 수도 나주 혁신도시 죽전竹田 당에서
여동구 씀

차례

제1부

자연 재앙, 그 앞에서

나는 이랬다

눕지 말자 다짐하고
매일매일 걷는다

쓰레기가 여기저기
아무 데나 널려 있다

눈감고
지나쳐 가자
주울 사람 있겠지

실천하렵니다

내 건강 지켜서
나 혼자 오래 살려

널려 있는 쓰레기는
내 일이 아니었지요

이제는 플로킹하며
나부터 줍고 가렵니다

자연 재앙, 그 앞에서
– 2020년 발생한 호주의 초대형 산불을 보고

나무 한 그루 가꾸고
키우려면 60년이 걸린다

키울 때는 60년
불탈 때는 5초

산불로 불탄 면적이
우리 국토보다 더 넓다니…
(80조 원의 손실을 가져왔다)

자연 재앙, 그 앞에서

– 2020년 발생한 호주의 초대형 산불을 보고

기후 재앙 앞에서
하늘만 바라본다

두 달 후 폭우 내려
산불은 꺼졌지만

아무리 발버둥쳐도
인간은 끌 수 없었다

자연 재앙, 그 앞에서
– 2020년 발생한 호주의 초대형 산불을 보고

말라쿠타에서 일어난
호주의 산불은

수천만 톤의 이산화탄소를
하늘로 올렸다

햇빛이
내려올 수 없어
거둘 곡식도 없었다

자연 재앙, 그 앞에서

– 2020년 발생한 호주의 초대형 산불을 보고

2019년 인도양의
동·서쪽 바다 수온

2℃ 이상 차이가 나
기상이변 전조前兆였다

호주의 대형 산불은
그때부터 시작되었다

새들은 길을 잃었다

바람의 길 막아놓고
사람의 길 열었다

앞을 향해 날아가다
부딪히는 새 한 마리

언제쯤
파아란 하늘이
날개 위에 앉을까….

새들은 집을 잃었다

하늘과 땅 사이는
새들의 집인데도

높고 높은 허공 위에
사람 집 지어놓고

보아도 보이지 않는
사람 집이 지어진다

새들은 집도, 길도 다 잃었다

나무 위의 까치집이
잘려 나가고

땅속의 개미집이
파헤쳐 없어질 때

빙빙빙
돌고 있는
새 한 마리 보았다

자연 재앙이라고 말할 자격 있나요

인간들이 저질러 놓고
자연 재앙이라 하네요

우리는 인간들을
괴롭히지 않았는데

어느 날
불도저 들어와
우리 집을 앗아가 놓고…

예전에는

태양에서 지구로 열에너지 들어오면
지구는 들어온 만큼 우주로 다시 올렸다
남음도 부족함도 없이 균형을 맞추었다

지금은

태양의 에너지는 지구로 들어오고
지구의 에너지는 하늘 향해 가야 하는데
에너지 오르지 못해 지구를 달구고 있다

다음에는

내려온 에너지가 하늘 향해 갈 수 없다
인간들이 뿜어대는 온실가스 때문이다
지구는 뜨겁다 못해, 펄·펄·펄 끓겠구나

아이슬란드 오크 섬에서 오크 빙하가 사라
졌다

북극 아이슬란드 오크 섬, 오크 산은

700년간 얼음으로
켜켜이 쌓였었다

녹여도
녹일 수 없는
원시 빙하 그대로였다

아이슬란드 오크 섬에서 오크 빙하가 사라
졌다

지구의 온난화는
오크 빙하를 녹였다

녹아서 육지가
드러나는 순간

오크 산
오크 빙하는
아이슬란드에서 사라졌다

아이슬란드 오크 섬에서 오크 빙하가 사라
졌다

향후 2백 년 안에
아이슬란드 빙하가 모두 녹아내리면

해수면은 급속도로
높아져서 낮은 섬은 잠기고

일백 년
채 못 되어 해수면은
1m 높아진다

남극과 북극의 차이

1
두 지역은 지구의 끝과 끝에 있다
남극은 일 년 중 반은 낮, 반은 밤이지만
북극의 여름은 해가 지지 않는 백야의 땅이다

2
남극은 98%가 얼음이고, 2%가 땅이다
북극은 바다 위에 떠 있고, 100% 빙하로 되어 있다
북극엔 북극곰과 바다표범이 살고 있고, 남극엔 펭
권과 물개가 살고 있다

3
남극은 땅 위에 오랜 시간 쌓인 눈이
얼음으로 변했기에 대륙으로 인정하지만
북극은 바다 위에 떠 있어 대륙으로 인정하지 않는다

4

북극의 평균 기온은 영하 35~40℃인데
남극의 평균 기온은 영하 55℃이다
북극의 바닷물은 열을 흡수하고 저장하지만
남극의 얼음은 흰색이어서 햇빛을 반사하기 때문에
더 춥다

5

북극은 아메리카와 아시아에 둘러싸인 큰 바다
남극은 지구의 7대 대륙 중에서 5번째 큰 대륙
북극은 원주민들이 살고 남극에는 연구소 직원들이
산다

임계치를 넘는 지구, 어떻게 할까

1
여름에는 극한 더위
겨울에는 극한 추위

갈수록 심해지는
이상 기후 앞에서

몸부림 발버둥쳐도
임계치를 넘었다

2
만 년 동안 지구 기온
겨우 4℃ 올랐는데

100년이 채 안 되어
1℃가 올랐으니

0.5℃ 올라가서
1.5℃ 되는 것은 머~언 훗날이 아니다

3
지금처럼 살다가는
50년이 채 못 되어

심각한 위험들이
일상처럼 되어서

더 이상
살 수가 없다
우리 대代에 끝난다

4
그래도 노력하자
지구 기온 1.5℃ 되지 않게

플라스틱 생수병은
더 이상 사지 말자

산더미
쌓인 페트병
지구 심장 멈춘다

지구 기온 2.0℃가 되면

– 제발, 살려 주세요

제발, 살려 주세요

지구 평균 기온
1.5℃가 되면

심각하고 항시적인 위험이
매년 일어난다

1.5℃마저 무너지면
지구는 회복 불가능이다

툰베리도 사람이어요, 제발 좀 들어 주세요

1
막자 막아내자
우리들이 살아가게

그레타 툰베리가
외치고 또 외쳐대도

꿈쩍도
하지 않는
세계의 지도자들

2
티핑 포인트(Tipping point)
당신들이 만들었어요

온난화로 영구 동토층이
녹기 시작하면

메탄과
세균 바이러스
꿈틀대기 시작해요

신안군의 플라스틱 Zero 2050 선포식

자연은 인간을 위해
인간은 자연을 위해

서로서로 도우면서
함께 가야 살 수 있다

인간이
자연을 이길 수는 절대 없다

기후 위기는 식량 부족 가져오고 식량 부족
은 안보 문제 가져온다

지금은 지구 평균 기온 1℃이지만

10년내에 0.4℃가 올라
1.5℃가 되면

지구는
위험 한계선
넘어서서 방법이 없다

기후 위기는 식량 부족 가져오고 식량 부족
은 안보 문제 가져온다

우리나라 식량 자급율은 23%
세계적인 기상이변으로 쌀 생산이 줄어들면
우리는 어찌할거나 사 올 곳도 없는데⋯⋯

기후 위기는 식량 부족 가져오고 식량 부족
은 안보 문제 가져온다

시리아 2005년
극심한 가뭄으로

밀가루 값 20% 폭등하니
폭동이 일어났다

끝없는 내전 속에서
희망 없는 나라 되었다

기후 위기 10년이 고비다

우리나라 온실가스
배출량 세계 7위

의식을 바꾸지 않으면
세계 3위는 시간 문제다

청정국
3위이어야지
배출량 7위 국가라니….

실천만이 살 길이다

말로만 외쳐대고
실천하지 않는다면

호미로 막을 것을
가래로도 못 막는다는

선조들
남기신 말씀
불현듯 떠오른다

인식의 대전환이 필요하다

사람들의 인식이
바뀌지 않아서

지구 기온 1.5℃를 넘어서
2℃가 된다면

현재의 상황에서는
해결할 방법이 없다

지금도 깨닫지 못하고 있으니…

현재는 과거 인류가 선택했던 축적물이요
미래는 현재 인류가 축적해 놓은 결과이다
깨닫지 못한 우리, 어떤 지구를 남겨줄까

탄소 중립

우리는 2050년까지
탄소 중립 해야 한다

IPCC에게 약속했다
탄소 중립 하겠다고

우리는
지킬 수 있을까
지금도 화력 발전소 짓고 있는데

화력 발전소 안 되어요

2022년 우리나라
석탄발전소 58기

국내외 짓고 있는
석탄 발전소(강릉안인 1기, 삼척 2기) 10기

이들 중 7기 골라서 2050년까지 폐쇄하겠단다

기우杞憂이기를 바란다

준공 예정일
가동 연한 30년인데

약속처럼 폐쇄될까
30년도 못 채우고

없애면
대안은 무엇일지
블랙 아웃 걱정된다

언행 일치

P4G 국제 정상회의 슬로건은
'더 늦기 전에 지구를 위해서 행동하자'이다
언행이 일치할 때 지구는 살아난다

선진국이 탄소 중립을 먼저 해야지…

2022년 COP27(제27차 유엔기후변화협약 당사국 총회) 회의에서 협의했다

개발도상국은 경제를 개발하여 살아 보려 하는데

기금을 거두어 지원할 테니 개발도상국들이 탄소 중립 하란다

못 들은 척하는 선진국들

선진국들 이산화탄소
마구마구 뿜어대서

세계의 경제 대국
부자 나라 되었지만

툰베리 외침 소리는
일부러 외면한다

가덕도 신공항 건설

말로는 2050년 탄소 중립 하겠다면서
비행기가 탄소 배출 제일 많이 하는데
가덕도 신공항 건설 누구 위한 건설이냐

집중 호우

기후 위기는 이상 기후의 증가에 있다
온도가 1℃ 올라가면 수증기는 7% 증가하고
그만큼 집중 호우의 강도도 7% 증가한다

물의 고마움

우리나라 30년 뒤
물 부족 국가 된다

물 없이는 단 하루도
살 수가 없는데

극심한 가뭄이 들어야
물의 소중함을 알겠니

빙하가 녹으면

인도 북부 히말라야
빙하가 녹아서

얼었던 얼음 속의
바이러스 28종이 살아났다

인간들
초비상이다
공포의 전염병

소가 트림을 하면

이산화탄소, 메탄, 아산화질소,
3대 온실가스다

세계적으로 10억 마리 정도
소가 사육되고 있는데

한 마리
소가 트림을 하면 이산화탄소 21배의
강력한 메탄이 발생한다

우리 모두 비건하자

소 한 마리는 사람 분뇨
16명 분에 해당하는데

이산화탄소 310배의
아산화질소 발생한다

건강한 지구를 위해
우리 모두 비건하자

불 태워진 아마존 열대 우림

보우소나루 브라질 대통령은
경제 개발을 위해

아마존 열대 우림 야금야금 불태웠다

사라진 지구의 허파
인간들은 폐암으로 쓰러져 간다

아마존의 열대 우림

소 사료 경작지를 만들기 위해
한국 면적 4배 이상을 불로 태웠다
막대한 이산화탄소 기후 위기 가져왔다

표어로 삼자

기후 위기는, 환경 위기 가져오고
환경 위기는, 경제 위기 가져오고
경제 위기는, 생존 위기 가져온다

미국을 보라

코로나 사망자
1위 국가 미국은

오로지 경제만을
최고로 여겨서

빈민층 노숙자 많은
캘리포니아에서 사망자가 속출했다

브라질을 보라

육류 소비·사료 경작
콩 수출 개발 중시

산불 놓고 산불 놓아
아마존을 불태우니

브라질 코로나 사망자 수
2위 국가 되었다

프랑스 파리 안 이달고 시장은

1
프랑스 파리의
안 이달고 시장은

기업의 이윤보다
지속가능성 우선시했다

인간의
편리함보다
자연 생명 중시했다

2
자가용 주차장
단계적으로 폐지하고

시내 도로 30km/h 제한했다

차로는
대폭 축소하고
자전거 도로 확대했다

육식을 줄이자

인류가 지금처럼
육류를 즐긴다면

지구의 종말은 얼마 남지 않았다

육식을
필요 이상으로 하는
식문화 고치지 않는다면

의식을 바꾸자

1
정부와 기업이
먼저 바뀌어야 하지만

작은 것에서 출발하는
적극적 시민성은 더 중요하다

우리의
의·식·주 형태
바뀌지 않으면 희망이 없다

2
우리에게 닥친 재앙
내가 뿌린 씨앗이다

나만 살면 된다
다른 사람 어찌 되든

의식이 바뀌지 않으면
나마저 살 수 없다

지구는 끓고 있다

2023년 안토니우 구테흐스
유엔 사무총장은

지구 온난화의 종식을
공식적으로 선언했다

온난화는
점잖은 말
끓는 지구 되었다고

바다 수면 1미터 상승하면

지난 50년 동안
남극 온도 3℃ 이상 올랐다

빙하는 녹아내려
얼음 슬러시로 변했다

해수면
1미터 상승하면
1억 명 이상의 집이 물에 잠긴다

2024년 서울 평균 기존, 열대야 일수 갈아치웠다

2024년 6월 한 달
서울의 평균 기온 30.1℃이다

7월도 아니고 8월도 아닌데

서울의 6월 평균 기온이
117년 만에 최고치다

열병 걸린 복숭아

1
금년(2024년) 복숭아는
크기가 작다

30℃가 넘어가면
복숭아는 익어서 성장을 멈춘다

복숭아
열매가 크기도 전에
지속된 폭염으로…

2
원래 복숭아 한 개는 170g 정도인데
금년(2024년)은 130g 정도밖에 안 된다
폭염에 폭우까지 겹친 복합 재해 때문이다

복합 재해

이상기후는 당연히
물가 상승을 가져온다

사계절 하늘이 도와야
겨우 살 수 있는데

재해가
복합으로 오니
서민들 살기가 너무너무 힘들구나

6월 광주에 폭염특보가 발령되다니…

2024년 6월 19일 전국 92개 지역
폭염특보 발령

이날 광주의 기온 37.2℃,
66년 만에 갈아치움

6월에 특보 내리기는
66년 만에 처음이다

폭염주의보는 언제 발령되나요

폭염특보는 폭염주의보와
폭염경보로 나누어지는데

하루의 최고 기온 33℃ 이상이
이틀 이상 지속되면

주의보
발령 되어서
야외 활동 멈춰야 한다

쪽방촌 사람들

하루의 최고 기온 35℃ 이상이
이틀 이상 지속되면 폭염경보 발령되어

열사병 탈진으로 온열 질환자 속출할 때

쪽방촌
사람들은 사람들이 아니었다
선풍기는 무용지물無用之物 에어컨은 언감생심焉敢生心

이제는 극한이 일상화 되어 버렸다

극한의 날씨가
놀라울 일도 아니다

극한 폭염, 극한 한파, 극한 호우, 극한 가뭄,

극한이 일상이 되어 버린 우리는
어떻게 살아가야 할까

지구에게 미안하다

시간당 50밀리
3시간 누적 90밀리 이상을

극한 호우라고 하는데
2022년 처음으로

채택된 말이기에
지구에게 미안하다

폭염은 폭우를 몰고 온다

폭염과 폭우는
동전의 양면이다

폭염이 지속되면
바다는 뜨거워지고

뜨거운 바다는
엄청난 수증기를 만들어
폭우를 쏟아붓는다

장마의 의미

비가 오랫동안 길게 내리는
때를 장마라고 한다

댱長이란 길고 오래다는 뜻이고
마ㅎ맗은 물을 뜻하는 고유어다

광주의 폭염특보 발령

금년(2024년) 6월 19일
92개 지역 폭염특보 발령

광주의 기온 37.2℃
예전 최고치 36.7℃를 66년 만에 갈아치움

중국 허난성은 41.7℃
기록은 기록을 깨고 있다

지구의 날이 언제이당가

화이트데이 발렌타인데이가
언제인지는 알아도

지구의 날이 언제인가를
아는 사람은 많지 않다

4월 22일 지구의 날 안다고 한들
나는 무슨 일을 했을까

여의도 국회의사당이 왠일이당가

2024년 국회의사당 안에
기후 위기 시계가 설치되었어요

시계는 우리에게 남은 시간
5년 91일이라고 알리고 있다

산업화
이전 대비 지구 평균 기온
1.5℃ 걸리는 시간이다

지구는 재수再修가 없어요

수능 D-day는
해년마다 돌아오는데

1.5℃ D-day는
5년 3개월 남았어요

수능은
재수再修가 있지만
지구의 D-day는 그것으로 끝이어요

성지순례는 살라고 하는 일인데

사우디 성지순례 사망자
1,300명 이상이란다

한낮 최고 기온
50℃ 넘나드는 기후 재앙인데

그래도
성지순례(하지)는 해야 한다
알라신을 위해…

강남역 물난리

우리나라 2022년 8월 8일~8월 9일
강남역은 물에 잠겼다

시간당 80밀리 이상 비가
3시간 이상 계속 쏟아졌다

도로는
바다가 되어
아수라장 되었다

물난리 속을 비껴간 건물 하나

아수라장 속에서도
비껴간 건물 하나

강남역 사거리 근처
청남빌딩

지하로 내려가는 입구
차수막이 막아냈다

별 것도 아닌 것이 별 것이었다

조그만 관심이 우리를 살려 주었다
안전은 시간과 장소와 때가 없다
별 것도 아닌 것이 별 것이어서 생명을 살려 냈다

을축년1925에 일어난 대홍수 이야기

1
자연 재해 인간의 힘으로는
막을 수가 없다

1925년 을축 대홍수
어마어마했다

범람한
한강 물이 한강의
물줄기까지 바꾸었다

2
한강의 물줄기는 강북에 속했던 잠실을
강남으로 바꾸었고 한강의 본류 석촌을 호수로 바꾸
었다
여기가 송파 나루터였다는 표지석만이 그날의 대재
앙을 증언하고 있다

평형의 원리

세상만사는 불안정한 상태가
계속되다 보면

안정된 상태로 돌아가
평형을 맞추려는 본성이 있다

그런데
현재의 지구는
그런 능력을 잃어가고 있다. 누구 탓일까…

르샤틀리에 법칙

르샤틀리에 법칙은
평형의 법칙이다

대기는 지금까지 이 법칙이
자연스럽게 유지되어

지구의 자기조절기능이
잘 작동되었다

국지성 게릴라

기후예보의 정확도가
점점 떨어져 간다

국지성, 게릴라성, 말들이
예보를 대신한다

누구도
알 수가 없는
앞으로의 우리 미래

상관 관계

지구가 뜨거워지면 바다가 뜨거워지고
바다가 뜨거워지면 수증기가 증가하고
수증기가 증가하면 지구는 물바다

우리의 해산물 어찌 할 거나

바다가 뜨거워지면 산호초가 사라지고
산호초가 사라지면 바다 생태계 무너져서
바다의 해산물들은 모두 다 사라진다

1.5℃ 못 지키면

바다 수온 높아져서 먹이사슬 무너지면
바다의 생태계도 위험 속에 빠져들어
인간도 존재할 수 없다. 1.5℃ 못 지키면

오늘의 인간만이 인간이당가

1
세계자연보전연맹(IUCN)에 의하면
인간은 지구 표면의 70%를 손을 댔다고 한다
후손들 살아갈 수 있게 우리 모두 복원하자

2
세계자연보전연맹(IUCN)은 말한다. 1984년 이후부터
날개 있는 곤충이 3/4이 사라졌다고
곤충이 사라지면 쌀 생산 멈춘다

아마존 열대 우림이 인간들만의 것이었느냐

아마존의 열대 우림
마구마구 베어내니

물 순환이 멈추어서
사막으로 변했다

숲들을 없앴으니
산소는 무엇이 만들어 줄까…

어패류 없는 바다

대기로 배출된
이산화탄소의 1/3은

바다가 흡수하여
지구를 살리는데

바닷물 뜨거워지면 어패류는 사라진다

어느 정도는 있어야 할 이산화탄소

지금은 이산화탄소 배출량을
줄여야 하지만

지구상에 이산화탄소가
전혀 없다면

지구는
영하 20℃까지 떨어져
살 수가 없다

광합성 작용

햇빛과 물과
이산화탄소가 있을 때

식물은 광합성을
할 수가 있기에

적당량
이산화탄소 필요하기는 하다

산소를 내뿜어 주는 나무 숲

나무 숲에 들어가면
공기가 상쾌하다

산소를 내뿜어 주고
이산화탄소 마셔 주기에

오늘도
산을 찾아서
나무들에게 인사한다

제트 기류의 역할

극 지방의 찬 공기
적도 지방의 따뜻한 공기

만나는 지점에는
제트 기류 흐른다

팽팽한
긴장감 속에
한쪽 쏠림 막아 준다

제트 기류는 늘어진 고무줄이다

북극 공기 차가워야 하고
적도 공기 뜨거워야 하는데

북극 기온 상승으로
기온 차가 줄어들어

탄성을 잃어버린 고무가 되어
제 역할을 잃었다

텍사스의 극한 한파

평소 따뜻했던
미국의 텍사스는

2021년 2월
지독한 한파가 찾아와서

추위를
이겨 내려고
화기 사용이 급증했다

얼어붙어 버린 소방 호스

급증한 화기 사용으로
곳곳에서 화재가 발생했다

불을 끄려면
물이 있어야 하는데

얼어서 붙어 버린
소방호스 뗄 수가 없었다

세계 곳곳의 산불

2024년 4월

경북 안동 지방 초대형 산불, 그리스, 이탈리아, 캘리포니아, 터키, 알제리 산불

지구촌 곳곳의 산불, 서울 면적 16배 이상 불태웠다

아마존은 지구의 허파인데

아마존은 지구의 허파로 불리우며
지구에서 만들어진 산소의 1/3을 생산한다
그런데 최근 10년 동안 71,493㎢를 없앴다. 이게 할
짓인가

통탄합니다

– 아파트를 짓기 위해, 전원주택단지를 만들기 위해, 도로를 내기 위
해 산을 깎고 허물어 버리다니

1
백 년 전 우리 산은
민둥산 그대로였고

산에는 나무 한 그루 없는
헐벗은 산이었는데

그때는 우리가 살기 위해
나무를 베었었지요

2
산에 있는 나무들이
모두 잘려 나가고

베어낼 나무 한 그루
남아 있지 않을 때

우리의 산림녹화山林綠化는
그때부터 시작되었지요

106

3
나무가 나무가 되려면
세월이 많이 많이 흘러야 하지요

그 뒤부터 반백 년이 흐르다 보니
산들은 푸르러졌답니다

얼마나 즐거우시면
하늘도 감동해서
햇살을 내리시고 있을까요

4
우리의 선조들이 이렇게
나무를 키워 놓았는데

임도林道를 내는 것은
더 좋은 나무를 가꾸기 위함이지만

중장비 마구 들여
애써 가꾼 산들을 한순간에 허물어 버리다니…

가뭄이 들어 봐야 안다

2022년 5월 시작된 가뭄 2023년 4월까지 이어졌다
광주/전남 227일간 비다운 비가 없었다
먼지만 휘날리는 주암/동복댐 심장이 말라 버렸다

가뭄이 들어 봐야 안다

다행히 23년 5월 4일~5월 6일까지 광주·전남지방에
300밀리 넘는 폭우가 내려 우리를 살려주었다
하늘은 말해 준다 이번만 용서하겠다고

미세먼지

1
봄다운 봄이 없다
갈수록 봄이 없다

차라리 먼지라면
숨이라도 쉬련마는

가슴에 스며들어서
숨마저 끊는구나

2
우리는 보고 싶다 신이 준 맑은 하늘
얼마나 말을 해야 인간들은 실천할까…
제발 좀 살게 해 다오. 객혈喀血 쏟는 진달래

2023년 캐나다의 산불을 보고

석 달 넘게 타들어 가는
캐나다의 산불을 누가 끌 것인가

바로 옆 나라 미국을 뒤덮고 있는
시커먼 연기는 누가 막아 낼 것인가

인간들
탄식 소리에
지구는 말을 한다. 자업자득自業自得이라고

가뭄이 들어 봐야 안다

물이 없으면 농사도 없다
엘리뇨 때문이다. 라니냐 때문이다
탓하면 무엇하랴, 자연 무서운 줄 몰랐으니…

가뭄이 들어 봐야 안다

2023년 미국 애리조나주 극심한 가뭄으로
LA, 라스베가스, 멕시코 4천만 명의 식수원
콜로라도강 말라버려서 아사자餓死者가 속출했다

가뭄이 들어 봐야 안다

400년 전에 체코인들은 가뭄이 계속되자 엘베강에
헝거스톤(Hunger stones)을 세웠다
얼마나 굶주렸기에 헝거스톤이라 이름 지었을까

가뭄이 들어 봐야 안다

헝거스톤(Hunger stones)은 배고픔의 돌, 슬픔의
돌로 불리운다
이 돌에는 '내가 보이면 울어라'는 문구가 새겨져 있다
얼마나 가슴을 울리는 절절한 말인가

가뭄이 들어 봐야 안다

극심한 가뭄으로 강물은 말라가고
엘베강의 헝거스톤(Hunger stones)이 속살을 드러
낼 때
배고픔 못 이겨서 울 힘마저 없었다

자연을 함부로 하지 말라

극단적인 홍수도, 극단적인 가뭄도
모두 다 우리를 힘들게 한다
자연을 함부로 하면 반드시 앙갚음을 한다

바다가 뜨거워지고 있다

1
바다는 지구 표면의 70%를 차지하고 있다
바다는 데우기도 어렵지만 식히기는 더 어렵다
지구의 90% 열을 바다가 흡수하기 때문이다

2
바다의 수온이 1℃ 상승하면
대기 중 수증기는 4~7% 증가한다
대기에 수증기가 쌓이고 쌓이면 극한 폭우 퍼붓는다

바다도 길이 있다

바다도 강처럼 길을 따라 흐른다
많이 빠질 때도 있고, 적게 빠질 때도 있다
바다도 감당할 만큼만 들고 날고 한다

커피점 Take-out

Z세대, Z-Alpha 세대, 커피점 Take-out
손에 손잡고가 아닌, 손에 플라스틱 컵 잡고
안 하면 뒤처질세라 빨대 꽂고 나온다

지구를 살리자

플컵이 재활용 된다 한들 그냥 되지는 않는다
커피집 갈 때는 텀블러 가져가자
환경을 실천할 때 지구는 살아난다

나부터 잔반을 없애야 해요
– 우리나라 모든 식당과 가정에서 음식물을 남기지 않아야 해요

우리는 1인당 음식물 쓰레기로
1개월에 10만 원을 버리고 있어요.
잔반 없는 급식 문화 실천할 때
내 통장 불어나고, 나라 곳간 쌓여가요

우리나라 곳간이 그득그득 쌓여가는 소리

아름다운 소리가 모여서 아름다운 하모니를 만들 듯
아파트나 가정에서 음식물 버리지 않을 때
내 통장 불어나고, 나라 곳간 쌓여가요

제2부

상식과 경고

상식과 경고 1

지구 청소 국가 스웨덴

• 플로킹과 플로깅의 의미는 달라요.

플로킹과 플로깅의 차이는 걷는 것과 뛰는 것에 차이가 있어요. 쓰레기를 줍는다는 취지는 같지만 걷는 것과 뛰는 것에 따라 단어가 구분되어요.

> * 플로킹 : 걸으면서 쓰레기 줍기. 줍다(ploke)+걷다(walking)의 합성어.
>
> * 플로깅 : 달리면서 쓰레기 줍기. 줍다(ploke)+달리다(jogging)의 합성어.
>
> * 우리말 : 줍깅.
>
> * 공통점 : '환경을 살리자'는 운동.

• 플로깅 어떻게 시작되었나요.

2016년 플로깅의 창시자 '에릭 알 스트룀(Erick ahlström)은 스웨덴 사람으로 길가에 쌓인 수많은 쓰레기를 보고 안타까운 마음에 도심을 달리며 쓰레기를 줍기 시작했고 이것이 플로깅 활동으로 발전하게 되었다.

우리나라도 지구청소국가인 스웨덴처럼 되어야 해요.

상식과 경고 2

2000년에 일어난 자연 재앙

자연 재앙, 그 앞에서 우리는 한없이 무력했다.

하늘을 믿고, 땅을 믿고, 살아가야만 하는 인간들이 하늘을 이겨보겠다고 땅을 이겨보겠다고 자신들만 편하게 살려고 하늘과 바다와 땅을 무시했다.

하늘과 땅을 무시한 인간들이 인도양의 바다를 화나게 만들었다. 아이슬란드 오크 섬의 오크 빙하는 아이슬란드에서 최초로 빙하라는 명칭을 잃게 되었다. 향후 200년 안에 모든 빙하가 같은 길을 갈 것이다.

기후 위기는 이미 도착한 미래다. 6번째 대멸종이 시작되고 있다.

기후 위기는 지금 멈춰야 한다. 아니면 지구가 우리를 멈춰 버릴 것이다.

상식과 경고 3

산호초가 사라지면 바다 밑은 백화 현상으로 덮인다. 지구 기온 1.5℃가 상승하면 산호초의 70~90%가 소멸된다. 산호초는 수많은 바다 생태계의 기반을 이루는 생물 종이다. 바닷속의 산호초만 사라지는 것이 아니라 바다 생태계 그리고 바다에서 나는 해산물이 사라지게 되는 것이다.

＊ 티핑포인트(Tipping Point) : 기온이 상승하면서
　지구 곳곳의 생태계가 회복 불가능한 상태가 되는
　지점을 말한다.

상식과 경고 4
산을 허물라고 허가를 해 주다니

인간들은 자연과 함께해야 살 수 있다고 사람은 자연 보호, 자연은 사람 보호 하자고 구호를 외치고 외쳤건만 온통 산을 허물어서 아파트, 공장, 골프장, 체육 시설 등을 지으라고 허가를 해 주는 국가나 지자체 장들은 어느 나라 사람들인가?

지금과 같은 상황이 지속되면 지구 온난화로 인해 2030년 초반이면 1.5℃가 될 것이며 2050년에는 2℃가 될 것이라고 기상학자들은 전망하고 있다. 지구 온도가 1.5℃가 되면 전 세계 인구의 1억 명 이상이 심한 고통으로 사망할 것이라고 예언하고 있다.

상식과 경고 5
그레타 툰베리의 외침

지구는 말한다. 참는 것도 한계가 있다고 날씨는 하루의 기상 상태를 뜻하지만 기후는 30년간 날씨의 평

균을 뜻한다.

산업혁명(1845년) 이후 2백 년도 채 안 되었는데 30년 주기로 살펴본 기후는 계속 뜨거워져 왔다.

학자들은 그 이유를 알아내기 위해 많은 연구를 해 온 결과 인간들이 주범이라는 것을 밝혀냈다.

세계의 지도자들에게 스웨덴의 어린 여학생 그레타 툰베리는 외쳐댔다. 앞으로 살아갈 세상은 당신들이 아니고 우리들이라고…

개발을 멈추라고, 제발 개발을 멈춰 달라고…

그런데 선진국과 개발도상국들은 외면했다. 지금도 외면하고 있다. 그 결과 지구 평균 기온은 $1.1℃$를 넘어 $1.5℃$를 향해 가고 있다. 멈춰야 한다. 지금 멈춰야 한다. 아니면 지구가 우리를 멈추게 할 것이다.

상식과 경고 6
이산화탄소는 아주 나쁜 것일까

식물은 햇빛에 의해 광합성 작용으로 생명을 키워 간다. 이 과정을 통해 식물은 토양에서 나오는 물과 영양분과 공기 중의 이산화탄소를 흡수하고 산소를 방출한다.

이렇게 흡수한 양분들로 엽록소, 미네랄, 비타민 및 다양한 영양소를 만들어 가면서 생명을 키우고 있는 것이다.

식물은 태양 에너지와 무기물질을 이용하여 세포에 있는 엽록체에서 에너지 화합물을 합성하고 그 과정에서 산소를 만들어 내는데 이것을 광합성이라고 한다.

반면 동물은 광화학 작용을 한다. 빛이 있어야 동물들은 살아갈 수 있다. 사람을 포함한 동물들은 눈과 피부를 통해 빛을 흡수한다.

이산화탄소가 없다면 북극의 찬 공기는 지구를 덮어서 지구는 영하 19℃의 빙하기를 맞게 된다고 기상학자들은 말하고 있다. 적당한 이산화탄소는 필요한 것이다.

상식과 경고 7

1. 그린란드는 어떤 나라인가?

그린란드 면적은 216만㎢로 한반도의 9.8배 정도이다. 북아메리카 북쪽에 있으며 바다를 사이에 두고 캐나다와 아이슬란드와 국경을 접하고 있다. 국토의 80%가 얼음으로 덮여 있다.

최근 기후 변화로 그린란드의 얼음이 서서히 녹아내리면서 전 세계가 영향을 받고 있다.

그린란드는 세계 최대의 섬으로 전체 인구 5만 6천명 중 1만 7천 명이 수도 누크(Nuuk)에 거주하고 있다.

북극에 가까워 빙하로만 가득 찰 것 같지만 그린란드에도 여름이 있다. 여름은 2~3주 정도로 짧은 편이지만 여름 한철 나무가 자라고 꿀벌도 날아 다닌다.

그린란드는 덴마크의 식민지였지만 지금은 외교와 국방, 통화 정책이 없는 자치 국가 형식이다

2. 아이슬란드는 어떤 나라인가?

아이슬란드 면적은 약 10만㎢로 한반도의 0.4배 정도다. 인구는 약 37만 명 정도다 영국의 점령지였지만 1944년 독립하였다.

상식과 경고 8

5대양은 다음과 같습니다
1. 태평양 2. 대서양. 3. 인도양 4. 남극해 5. 북극해

6대주는 다음과 같습니다
1. 아시아 2. 유럽 3. 아프리카 4. 오세아니아 5. 남아메리카 6. 북아메리카

7대륙은 다음과 같습니다
1. 아시아 2. 유럽 3. 아프리카 4. 오세아니아 5. 남

아메리카 6. 북아메리카 7. 남극

상식과 경고 9

제트기류에 대해 아시나요

북극 지방과 중위도 지방의 온도 차에 의해 발생하는 강한 기류를 말합니다.

제트기류의 역할은 지구상의 온도를 조절해 줍니다.

여름철 차가운 공기와 따뜻한 공기를 섞어 여름철의 온도를 조절해 주고 겨울철 극지방에서 내려오는 차가운 공기를 막아 주는 역할을 하고 있습니다.

그런데 최근 기후변화의 영향으로 제트기류가 약화되자 열대의 따뜻한 공기가 북쪽으로 이동하여 시베리아가 따뜻해져 가고 이와 반대로 한반도에는 시베리아보다 추운 겨울이 지속되고 있습니다.

상식과 경고 10

잠 못 드는 밤이면 신문을 펼쳐 든다. 반가운 신문 기사가 실려 있다.

신안군 플라스틱 Zero 2050 선포식 기사다. 2050년까지 신안군은 플라스틱 없는 섬을 만들려고 Grico 친환경 기업과 업무협약을 맺었다는 기사다. 꼬-옥 그랬으면 좋겠다. 섬도 살리고 바다도 살려야 하기에

Grico처럼 지구를 살리는 회사가 되었으면 한다.

회사 이름은 Grico다. Green+Rice+Eco 세 단어의 조합이다.

Rice가 들어가 있다 오래되어 식량으로 쓸 수 없는 쌀을 이용하여 기존 플라스틱 대체제를 만드는 회사다. 토양과 해양 생태계를 보호할 뿐만 아니라 지구 온난화 극복에도 기여 할 수 있는 친환경 제품 생산 회사다. 가격 경쟁력도 있고 자연 분해 되며 최대 120℃까지 내열성이 있어 전자레인지에도 사용할 수 있고 기존 석유 플라스틱과 같은 강도를 가지고 있다. 재사용이 가능하고 재활용(생분해성) 플라스틱 제품이다 토양을 오염시키지 않고 자연 분해되는 도시락 용기, 테이크아웃 컵, 화장품 용기, 막걸리병, 생수병, 국 용기, 일회용 숟가락, 빨대, 멀칭 필름, 생분해 장갑, 봉지 등 다양한 제품을 만들어 낸다. 기대가 크다.

상식과 경고 11

1997년 태평양 한가운데서 찰스 무어 선장은 끝이 보이지 않는 쓰레기로 된 섬을 발견하고 생명의 근원인 바다가 쓰레기로 썩고 있음을 증명했다.

상식과 경고 12

태평양 한가운데서 발견된 쓰레기 층은 쓰레기 섬과

연안 바다의 부유 쓰레기들과 바닷속 깊은 곳까지 가득 메운 쓰레기들

상식과 경고 13

찰스 무어 선장은 이런 말을 남겼다. 육지로부터 몇천 킬로미터가 떨어진 곳에 쓰레기가 있다는 것은 달에 쓰레기가 있는 것과 비슷한 이야기다 우리는 며칠 동안 태평양 한가운데서 무서우리 만큼 고요한 수면 위를 모터 하나에 의지해 지나갔다.

쓰레기들은 그동안 계속해서 그 자리에 있었다. 그 때서야 사람들은 바다 오염의 심각성을 깨닫게 되고 충격에 빠졌다.

상식과 경고 14

쓰레기 섬의 90%는 플라스틱과 1966년 생산된 스티로폼의 부표로서 60년 가까이 바다 위를 떠다녔다.

상식과 경고 15

플라스틱은 분해되는 것이지 완전히 썩는 것은 아니다. 따라서 플라스틱은 어딘가에 남아 있게 된다.

상식과 경고 16

플라스틱의 역사 150년, 분해되는 데 걸리는 시간

은 최소 500년, 연간 바다로 유입되는 쓰레기 양은 800~1,000만 톤.

상식과 경고 17

1997년 쓰레기 섬 첫 발견 후 약 20년 뒤 한반도 7배 면적의 쓰레기 섬이 늘어나서 바다 쓰레기 섬의 심각성이 날로 더해가고 있다. 2020년도에는 몸집을 더 키워 한반도의 16배로 몸집을 키워가고 있다.

상식과 경고 18

북태평양 쓰레기 지대 폐기물 발원지를 보면 1위가 일본 35%, 2위 중국 32%, 3위 한국 10%로 세 번째로 많은 쓰레기를 바다에 버리고 있다.

상식과 경고 19

플라스틱 쓰레기는 지구 환경에 어떤 영향을 미칠까 ① 해양 생물이 죽어 간다(물개, 바다거북 등) ② 빨대나 못에 찔려 해양 생물이 피를 흘리고 중태에 빠진다 ③ 매년 100만 마리의 바닷새가 죽어 간다 ④ 인간의 생활 쓰레기들을 먹고 죽어가는 새끼들 ⑤ 안타깝게 사라져가는 소중한 생명들

상식과 경고 20

플라스틱은 파도에 의해 깎이고 닳아져 쪼개지면 크릴 새우와 비슷한 냄새가 나기 때문에 먹이로 착각한 어미새들이 물어와서 새끼들에게 가져다준다 해양 생물의 90%는 플라스틱을 먹고 자라는데 해양 생물을 즐겨 먹는 인간들은 매주 카드 1장 정도의 미세플라스틱을 먹고 있는 것이다.

상식과 경고 21

앨버트로스는 1~2년 사이에 알을 1개만 낳는다 알을 잘 품어 새끼를 만든 뒤에는 수백 ㎞ 이상을 날아가 먹이를 물어와 새끼에게 먹이는 모성애가 강한 새이다. 그런데 물어온 먹이가 미세플라스틱이어서 어린 새끼가 미세플라스틱을 받아 먹음으로써 살지 못하고 죽는 안타까운 상황을 연구자들은 알게 되었다.

상식과 경고 22

미세플라스틱은 그 크기가 워낙 작아 위장의 세포를 통해서 흡수가 가능하고 인체 내에서는 분해가 되지 않아 세포와 점막, 혈관을 타고 온몸을 돌아다니며 장이나 폐 장기 등을 손상시킨다.

상식과 경고 23

예전에는 대구가 가장 더웠는데 이제는 광주가 전국에서 가장 무더운 도시가 되었다. 대프리카(대구+아프리카)가 이제 광프리카(광주+아프리카)가 된 것이다. 대구는 그동안 도심 녹화에 힘썼는데 광주는 아파트만 지어댔다. 큰일이다. 온통 아파트다. 도시계획 실패다.

상식과 경고 24

바다 생물의 보금자리 해조류가 사라진다. 해조류는 생물 다양성을 유지하는 데 중요한 역할을 한다. 동해안에 다시마가 사라진 지 오래되었다. 따라서 전복, 성게, 우렁쉥이 등 20여 종도 점점 사라져가고 있다.

3부

수필·시조

펄·펄·펄·끓는 지구, 어찌 해야 할까요

하늘은 아버지고 땅은 어머니이어요. 그 사이에 있는 우리는 자녀들이고요. 앞으로의 일을 예언하는 무당을 한자로 쓰면 무당巫堂이라고 해요. 그래서 巫자는 하늘ー과 땅ー 사이에 사람人人들이 있는 것이어요. 하늘과 땅이 도와주어야 우리 인간들은 살아갈 수가 있어요. 우리가 하늘을 함부로 하고 땅을 함부로 하면 하늘과 땅이 화가 나서 지구 곳곳에 극심한 가뭄과 홍수를 일으키지요, 뿐만 아니라 극심한 무더위와 한파가 갈수록 심해져서 여름에는 지구가 펄펄 끓고 겨울에는 냉동 상태가 되어 버린답니다. 하늘과 땅이 처음부터 그러지는 않았어요. 가뭄이 문제가 아니어요. 홍수가 문제가 아니어요. 이것은 하늘과 땅을 우리가 함부로 대했기 때문에 하늘과 땅이 화가 나신 것이어요. 2024년 금년에 파리에서 올림픽이 열렸지요. 파리 올림픽은 개막 전부터 말이 많았지요. 파리 올림픽은 기후를 생각하는 올림픽으로 파리올림픽 조직위원회가

탄소 배출 목표치를 190만 톤으로 정하고 골판지 침대를 사용하는가 하면 숙소에 에어컨을 설치하지 않았어요. 선수들의 불만이 많았답니다. 그래서 조직위는 한 발 물러나 참가국이 에어컨을 설치하면 사용할 수 있도록 허용했답니다. 영국, 미국 등 8개국은 휴대용 에어컨을 구입했으나 선수단 규모가 작거나 예산 여유가 없는 나라에게는 그림의 떡이었지요. 그래도 파리 시장은 이에 아랑곳하지 않고 기후를 생각해서 단계적으로 공영 주차장을 줄여 나갔으며 시내 도로 주행 속도를 30㎞/h로 제한했고 차로를 대폭 축소하고, 자전거 도로를 대폭적으로 확대해 갔으며 콘크리트 면적만큼 녹지를 조성해 갔답니다. 차를 가지고 다니기에 매우 불편하도록 도로의 체계를 바꾸어 나간 것이지요. 이게 선진국이지요. 이처럼 기후의 심각성을 깨닫고 과감하게 실행해 온 결과 파리 올림픽은 기후 올림픽으로 불리워졌답니다. 100년전의 파리 올림픽과 2024년 금년의 파리 올림픽을 비교해 보면 파리의 평균 기온은 3.1도가 올랐어요. 이제는 동계 올림픽을 걱정해야 해요. 동계 올림픽은 1924년 처음 개최되었는데 이때만 해도 개최지 2월 낮 평균 기온이 0.4도 정도였으나 1990년대부터서는 개최지 2월 낮 평균 기온이 6.3도가 되어서 자연적인 설원을 찾기가 어려워져서 인공 눈雪을 만들어 경기를 치렀어요. 2014년 소치 동계 올림픽과 2018년 평창 동계 올림픽은 대부분의 경기장을 인공 눈雪으로 채웠으며 2022년 베이징은 모든 경기장에서 인공 눈雪을 사용했어요. 인공 눈雪의 사용은 생태계의 파괴를 분명히 가져와요. 우리는 기후 위기에 대해 심각하게 생각하고 대처해 가야 해요. 티핑 포인트가 되면 돌아올 수가 없어요. 하늘과 땅을 화나지 않게 우리가 지켜 드려야 해요. 지금도 빙하는 계속 녹아내리고 있어요. 빙하가 녹아내리면 바닷물은 점점 뜨거워져 우리는 살지를 못해요. 지금 이대로 가다가는 인간은 지구상에서 사라질 것이어요. 우리는 우리의 자녀들이 앞으로 건강하게 살아갈 수 있도록 물려 주어야 하는 막중한 책임이 있어요. 환경파괴 여기서 멈춥시다. 우리 국민들에게 간절히 고합니다. 이러한 주장에 귀를 기울이지 않고 실천해 가지 않는다면 지구의 종말은 얼마 남지 않았어요. 금년 여름에도 세계 기후는 펄펄 끓고 있습니다. 우리나라의 이번 여름만 해도 기록적인 더위로 220명 이상의 사망자가 발생했으며 2,500명 이상의 온열 질환자가 발생했어요. 폭염이 지속되니 사람이 살고 있는 모든 가정이나, 사무실, 공장 등에서 에어컨을 가동하고 있으니 여기에서 나오는 온실가스로 인해 내년 여름은 더 끓을 거여요. 에어컨은커녕 선풍기도 없는 쪽방촌 사람들, 지하방 사람들은 어떻게 이 폭염을 이겨 낼 수 있을까요.

이런 곳에 사는 사람들이야 말로 사회적 약자이자 나이가 많으신 질병, 빈곤층 사람들이라는 것을 우리는 애써 외면하고 있지는 않는지 가슴에 손을 얹고 생각해 봐야 해요. 내년 여름은 더 펄펄 끓을 것입니다. 어찌해야 할까요…

베이비 박스에 남긴 엄마의 마지막 편지

　매서운 눈보라가 몰아치는 추운 겨울이 다가온다. 살을 에이는 바람이 몰아치고 간밤에 내린 눈이 녹아 도로가 꽁꽁 얼어붙어, 한낮인데도 차들이 엉금엉금 기어 다니는 혹독하게 추운 겨울이 다가온다. 춥고 배고프고 가난한 사람들이 살아가기 어려운 겨울이 다가온다. 있는 사람들이야 겨울이 되면 스키를 타고, 눈이 내리면 따뜻한 카페에서 차를 마시며 겨울을 즐기겠지만 춥고 배고프고 가난한 사람들에게는 제일 고통스러운 계절이 겨울이다.

　눈이 내리면 연인들은 설렘으로 가득하다. 설렘까지는 좋다고 하자. 그러나 그 설렘은 설렘으로 끝나야 한다. 그렇지 않으면 깊은 정이 들었다는 이유로 원치 않는 생명을 잉태하여 출산까지 가는 경우가 허다하다. 주로 있는 집의 자식들은 어머니가 그 사실을 안다면 노발대발은 하겠지만 돈이 있기 때문에 어머니들이 대부분 다 처리해 주지만 일찍부터 남자를 알아 임신까지 하게 된 여자들을 보면 대부분 가정 환경이 불우한 경우가 많다. 어머니가 일찍 돌아가셨다거나, 어머니가 재혼하여 새아버지 밑에서 자랐다거나, 아버지가 역할을 못 하여 할머니 품에서 컸다거나 하는 경우가 대부분이다. 그러다 보니 사회 경험을 빨리하게 되고 이성을 일찍 사귀게 된다. 이성과 자주 만나다 보니 원치 않은 임신을 하게 되고, 출산까지 하게 된다. 이런 경우는 혼자 살기도 힘이 드는데 아이까지 키울 자신이 없어서 어린 생명을 버릴 수밖에 없다. 남자 친구는 놀라서 더 이상 연락을 끊어 버리고 혼자 끙끙 앓다가 병원도 가지 못하고 혼자 아이를 낳아야 하는 경우를 보면 아이를 낳는 미혼모도 잘못이지만 그 아이는 무슨 죄라는 말인가? 죽지 않는 이상, 평생을 엄마 아빠도 모른 채 이 험난한 세상을 살아가면서 얼마나 힘들게 살아가야 할 지를 생각해 보면 이 아이를 무책임하게 임신한 이 미혼 부모는 천벌을 받아야 마땅하다는 생각을 하게 된다. 그나마 병원에서 태어나면 의료진의 도움으로 탯줄도 자르고 깨끗하게 태어나지만 그럴 형편이 되지 못한 아이는 길에서, 화장실에서 태어날 수밖에 없으니 기막힐 일이 아닐 수 없다. 이것을 보드래도 사람은 태어날 때부터 운명과 팔자가 정해져서 태어나는가 보다고 생각한다. 책임지지 못할 남·녀 간의 정은 정이 아니다. 둘 사이의 정은 정으로 끝내야지 아무런 죄도 없는 한 생명을 마음 아프게 평생을 마음의 허전함으로 가혹하게 살아 가게 만드는 것은 큰 죄악이다. 부모 두 사람이 반듯하게 있어도 살기가 힘든 세상인데 낳아 주는 사람이 누구인지도 모르고 평생을 살아가야 한다는 것은 말로는 다하지 못할 아픔이요 고통이다. 그래서 결혼을 하려면 모를까, 하지 않으려면 남녀간의 관계는 냉정하게 끝내야 한다.

'베이비 박스'라는 말을 생각해 본다. 아이 상자라는 말이다. 아이가 상자에 놓여진다. 상자는 물건을 담는 공간인데…베이비 방이라고 하면 안 될까? 한순간만이라도 아이에게 사람 대접을 해 주는 단어로 바꾸어서 사용해 보면 좋겠다.

한국 최초의 베이비 박스는 2009년 서울 주사랑공동체교회에서 만들어졌다. 당시 교회 앞에 버려진 신생아가 저체온증으로 사망할 뻔한 사건이 있었고, 이후 '이 세상에 버려지기 위해 태어난 아기는 한 명도 없다'라는 기치 아래 이 교회의 이종락 목사님이 베이비 박스를 설치하고 버려지는 아이들을 받기 시작한 때부터 시작되었다. 대단히 존경스러운 분이다.

아이를 두고 간 미혼모의 편지를 소개해 본다.

엄마는 네가 싫어서도 아니고, 미워서 널 보내는 것도 아니야. 엄마가 너무 못나서, 너를 많이 사랑해 주지도 못하고, 행복하게 해 줄 자신이 없어서, 많이 사랑하지만 좋은 양부모님 만나서 행복하게 자랐으면 좋을 것 같아서 보내는 거야. 많이 미안해. 나처럼 못난 사람의 아기로 이 세상에 태어나게 되어, 엄마가 너무 부족하고 못난 사람이라, 너한테 해 줄 수 있는게 없어서 너무 미안해. 혼자 이 가시밭길을 걷게 될 너를 생각하면, 마음이 무너지고, 또 무너지는데, 나는 혼자 이렇게 도망쳐 버려서 정말 미안해. 너를 무책임하게 이 세상에 내보낸 것 외에는 엄마가 너에게 해 줄 수 있는게 아무것도 없어. 정말 미안해. 평생 이 못난 나를 용서해 주지 말고, 생각지도 말고, 평생 미워해 줘. 나를 원망하고, 미워하면서, 이 험난한 세상에서 꿋꿋하게 살아가 줘. 엄마가 미안하고 많이 사랑한다.

출-혼-요-장의 인생길

생명은 고귀하다. 아이도 생명이고 노인도 생명이다. 살아 있는 동물이나 식물도 모두 생명이다.

아이를 낳으면 엄마가 키우고 세월이 흘러 부모님이 노인이 되면 자식이 모셔야 했다. 그런데 사회의 변화에 따라 키우고 모시는 주체가 달라졌다. 아이는 낳은 어머니가 돌보지만 노인은 요양 보호사가 돌본다. 고귀한 생명을 돌본다는 측면에서는 아이와 노인이 따로 없다. 옛부터 유교적인 관점에서 우리가 성인이 되면 관- 혼- 상- 제의 과정을 거치는데 이제 이 과정도 현대적인 관점으로 바꾸어서 출생- 혼인- 요양(원)- 장례(식장)으로 출- 혼- 요- 장(강)으로 바꾸어져야 하겠다. 자식이 성인이 되면 결혼을 하게 되고 결혼을 해서 임신을 하게 되면 정기적으로 산부인과를 다녀서 열 달이 되면 아이를 출산하게 되고 병원에서 2~3일 머무르다가 산후 조리원으로 옮겨 2~3주 조리를 한 후에 집으로 오게 된다. 집으로 온 뒤에는 시어머니나 친정어머니가 오셔서 아이를 돌보아 주시는데 계속해서 돌보아 주실 수는 없다. 그분들도 개인의 일정이 있기 때문이다. 며칠 있다 가시면 산후 도우미가 와서 2주 동안 도와주다 가는 것이 우리의 현실이다. 산모가 임신을 해서 정기적으로 병원을 다닐 때 들어가는 검진비는 건강보험으로 처리해 주어야 하고, 또 병원에서 아이가 태어나면 자연분만이 되었든, 제왕절개가 되었든 출산하면서 들어가는 비용은 국가에서 부담해 주어야 마음 놓고 아이를 낳을 수 있다. 더군다나 사설 산후조리원은 비용이 몇백만 원이 들어간다고 한다. 이때 들어가는 비용은 전부 자부담이라고 한다. 이러니 임신을 하기도 어렵고 아이를 낳기는 더 어려운 현실이 되어 버렸다.

요양원은 또 어떤가? 누군가가 말했다. 노인요양원은 저승으로 가는 마지막 대기소라고… 이 말을 들으니 가슴이 먹먹해져 온다. 산후조리원과 노인요양원의 모습이 서로 대비 되어서 오버랩 되어진다. 노인요양원은 내가 가야 할 마지막 나의 집이 되어 버렸다.

대부분의 사람들은 며느리나 딸이 아이를 낳아 산후조리원을 오게 되면 그렇게 기쁠 수가 없다고 한다. 더군다나 손자, 손녀가 태어나면 친자식보다 더 예쁘다고 한다. 울어도 예쁘고, 웃어도 예쁘고, 머리카락 한 올까지도 다 예쁘다고 한다. 남들이 손자, 손녀들을 보

149

고 예쁘고 잘 생겼다고 하면 기분이 하늘을 찌른다고
한다.

자식이 장가를 가서 손자 손녀를 낳게 되면 거의 모
든 부모들은 할머니 할아버지가 되어서 자신의 핸드폰
의 초기 화면 사진을 손자 손녀의 사진으로 바꾸어 자
랑하고 다닌다. 그렇다면 정작 요양원에 계시는 자신
의 부모님 사진은 핸드폰에서 몇 번째나 올려 놓았는
지 찾아볼 일이다.

부모님들이 요양원에 들어가시는 순간부터 부모님
의 대소변은 요양 보호사들이 처리한다. 자신의 손자
녀에 비해서 냄새가 심하다는 이유로 자식들마저 고개
를 돌린다. 이것은 누구나 그렇게 할 수밖에 없는 인지
상정人之常情이다. 누구의 잘못도 아니다. 손자녀들은
앞으로 살아 갈 날이 많이 남아 있어서 예쁘고 희망이
있어서 그렇게 되는 것이지만, 부모님이 치매가 있으
시거나 의식이 오락가락하시면 요즘과 같은 주거 구조
에서는 집에서 모실 형편이 되지 못해 요양원이나 요
양병원으로 모시게 된다

우리는 자신의 손·자녀가 변을 제때 싸지 못하면 걱
정이 되어서 소아과로 달려간다. 그런데 요양원이나
요양 병원에 계시는 부모님이 대소변을 제대로 보지
못하거나 치매에 걸리게 되면 요양원 관계자들이 돌보
게 된다. 자식들은 전화만 받고 가면 되는 시대가 되어

버렸다.

늙으신 부모님이 한번 들어가시면 돌아가셔야만 나올 수 있는 요양원으로 자식이 부모님을 모시고 들어갈 때 부모님의 표정을 보면 예감이나 하신 것처럼 말씀 한마디 없이 자식의 손만 꽉 잡고 계신다. 그래 나는 괜찮으니 내 생각 하지 말고 너나 잘 살거라는 마지막 사랑의 손잡음이실까? 아니면 죽더라도 좋으니 너희들과 함께 살다가 눈을 감겠다는 마지막 몸부림이실까?

똑바로 쳐다 볼 수도 없는 자식들 면전面前에서 애써 슬픔을 보이지 않으시려고 굳은 얼굴에 미소 지으며 내 걱정하지 말고 잘 살라는 부모님의 힘없는 마음이 자식들의 가슴에 얼마나 전해질까! 마지막 가야 하는 누구나 피할 수 없는 외롭고 고통스러운 저승길 대기소….

요양원이나 요양 병원은 내가 자식들을 낳고 살았던 정든 집이 아니다. 그래서 임종 때가 돌아오면 예감이나 하듯이 하루에도 몇 번씩 집에 가고 싶다고 하신다. 그러면 단 하루만이라도 집에서 편하게 계시다가 임종을 맞이할 수 있도록 모셔야 한다. 사람들은 의식이 없는데 어떻게 알겠냐고 하지만 의학적으로 가장 마지막까지 남아 있는 의식 기관은 귀라고 한다. 눈만 감고 있을 따름이지 귀로는 다 듣고 계신다. 의식이 있든, 없든 단 하루라도 아니 단 몇 시간만이라도 집에서 임종을 할 수 있도록 해 드려야 한다. 그것이 자식의 도리라는 것을 명심해야 한다. 우리들도 모두 그 길을 가야만 하니까

고마운 이불

이불처럼 포근하고, 이불처럼 따뜻할까
평생을 나와 함께 사랑을 나누면서
따뜻한 손을 맞잡고 추위를 녹여 왔다

누구나 이 세상 태어난 순간 이불로 감쌌다.
솜털처럼 부드러운 이불 위에 잠이 들면
집안의 복덩이라고 눈으로만 봤었다

하루종일 고단한 몸 이불 덮고 잠이 들면
어머니는 밤마다 자식 생각 잠 못들고
차버린 이불 덮어 주랴 한밤을 밝히셨다

부처님은 우리의 이불이 되어 주시고
우리는 부처님의 이불이 되어 줄 때
더 이상 우리와 부처님은 둘이 아니었다.

어미 새鳥, 둥지를 만들다
– 아들과 딸을 결혼 시키면서 지은 시조

어제가 오늘이듯, 내일이 오늘이듯
손으로도 못 할 일을 입으로 하고 있다.
예쁘고 고운 새끼들 목화 솜에 눕히려고

내 새끼 키우려니 입이야 대수로냐
어느 풀 섶에서 사랑을 찾아다가
입술이 부르트도록 한 땀 한 땀 뜨고 있다.

고요한 침묵 속에 시간을 붙들고서
부리가 닳아져도 내 새끼 살 집인데
견디며 살아온 세월 매듭을 묶고 있다

아버님, 당신의 이름으로

폐광은 버려진 땅, 도계 탄광 안에서
광맥을 찾기 위해 천장을 허물다가
아버진 불꽃이 되어 그렇게 가셨다

매서운 눈보라가 몰아친 날 밤이면
뜨거운 아랫목에 우리들은 잠이 들고
불꽃은 혼신의 힘으로 타오르고 있었다

축 늘어진 아버지가 힘없이 다가오셔
당신의 심장으로 우리를 껴안으실 때
쉼 없는 눈물 방울을 하염없이 흘렸다

연탄을 갈 때마다 아버지를 만났지만
오늘처럼 연탄이 뜨거울 때는 없었어요
엉겨서 붙어버린 불꽃, 말없이 타오른 밤

어머님, 당신의 이름으로

하늘과 땅 사이에 꽃향기가 가득하고
산위의 쑥꾹새가 지천으로 나는 언덕
물안개 아지랑이를 나룻배에 띄웁니다

그리움이 사무쳐서 옹이 되어 굳습니다
아무리 불러봐도 들을 수가 없습니다
마지막 눈 감을 때까지 가슴에만 담습니다

아내와 자식들이 어머님을 대신해도
어머님 가슴처럼 따뜻하지 않는 것은
뜨거운 심장의 피가 멈추었기 때문일까요?

가로등

저 멀리 들녘에 가로등이 서 있다.
낮에는 외로울까 새들이 찾아오고
밤에는 무서울까 불빛으로 비춰 준다

비바람이 몰아쳐도 가로등은 그 자리에 서 있다
나는 가로등 불빛을 향해 걷고 또 걷는다
내 뒤를 따라서 걷는 누군가의 가로등이 되려고

꽃이 피네

1
간밤에 꽃대가
수줍게 올라왔네

세차게 내린 비가
목줄기를 적셨나 봐

모두들
잠든 사이에
꽃대를 만들었나 봐

2
또 한밤 자고 나니
꽃망울이 맺혀 있네

이슬로 얼굴 씻고
햇살로 닦고 나니

어느덧
바람이 불어와
꽃대를 흔들었나 봐

3
저것 봐, 저것 좀 봐
꽃 대궁이 열리는 걸

아무리 쳐다봐도
산고의 고통 없었는데

나비가
꽃 위에 앉아
어루만져 주고 있잖아

심해지는 기후 재앙 내 탓입니다

초판1쇄 찍은 날 | 2024년 11월 13일
초판1쇄 펴낸 날 | 2024년 11월 21일

지은이 | 여동구
펴낸이 | 송광룡
펴낸곳 | 심미안
등록 | 2003년 3월 13일 제 05-01-0268호
주소 | 61489 광주광역시 동구 천변우로 487(학동) 2층
전화 | 062-651-6968
팩스 | 062-651-9690
전자우편 | simmian21@daum.net
블로그 | blog.naver.com/munhakdlesimmian
값 12,000원

ISBN 978-89-6381-454-4   03810

· 이 책은 전라남도 JeollaNamdo 전람 남도 문화재단의
  지역문화예술육성지원사업으로 지원받아 발간되었습니다.